NOTICE

SUR

QUELQUES VOLUMES

AYANT APPARTENU

AU GÉNÉRAL BONAPARTE

PAR

Ad. CARPENTIN

Membre de la Commission de la Bibliothèque de la Ville.

❦

MARSEILLE

TYPOGRAPHIE ET LITHOGRAPHIE ARNAUD ET COMPᵉ

Rue Cannebière, 10.

—

1860

NOTICE

SUR QUELQUES VOLUMES

AYANT APPARTENU

AU GÉNÉRAL BONAPARTE.

NOTICE

SUR

QUELQUES VOLUMES

AYANT APPARTENU

AU GÉNÉRAL BONAPARTE

PAR

Ad. CARPENTIN

Membre de la Commission de la Bibliothèque de la Ville.

MARSEILLE

TYPOGRAPHIE ET LITHOGRAPHIE ARNAUD ET COMP°

Rue Cannebière, 10.

—

1860

NOTICE

SUR QUELQUES VOLUMES

AYANT APPARTENU

AU GÉNÉRAL BONAPARTE.

L'importance attribuée à certains livres ne dé-
coule pas toujours du mérite ou de la rareté de
l'ouvrage : ils la doivent souvent au nom de leur
ancien possesseur, et ce sont alors de véritables
reliques que l'on conserve avec un soin d'autant
plus religieux que la mémoire de l'homme à qui
ils ont appartenu inspire plus de respect et fait
vibrer de plus grandioses souvenirs. L'intelligente
activité de M. Reynier, le patient et studieux conservateur de la Bibliothèque de la ville, vient de
restituer à leur véritable place quelques-uns de
ces volumes qui doivent éveiller dans le public un
vif sentiment de curiosité. Il s'agit des derniers

restes de la bibliothèque formée par Pauline Bonaparte pour son frère, et emportée par lui lors de l'expédition d'Egypte,

M. Jauffret, dans le *Conservateur Marseillais* (1828, page 230), dit qu'au retour de cette expédition, les ouvrages qui avaient composé la bibliothèque particulière du général Bonaparte pendant son séjour en Orient, furent un moment déposés à la Bibliothèque de Marseille, et qu'ils se trouvaient encore presque tous dans les caisses qui avaient servi à les transporter, lorsque l'administrateur qui, à cette époque, était à la tête du département des Bouches-du-Rhône, les demanda, dit-on, pour les posséder temporairement à sa maison de campagne. En vain, ajoute M. Jauffret, les estimables bibliothécaires qui m'ont précédé firent par la suite des démarches pour faire réintégrer cette collection à la Bibliothèque de la ville. Toutes leurs tentatives, toutes leurs recherches n'aboutirent qu'à constater l'impossibilité de retrouver ce qui avait été perdu.

En effet, on lit au registre de correspondance de la Bibliothèque, en date du 5 août 1814, une lettre adressée à M. Goupy, chargé d'affaires de

M. Thibaudeau, et ainsi conçue : « J'ai l'honneur
« de vous remettre ci-joint la copie de la liste des
« livres employés à la Préfecture en pluviôse,
« an XIII, et la notice de ceux apportés d'Alexan-
« drie et qui ont été remis à M. Thibaudeau, au bas
« de laquelle j'ai transcrit la lettre de M. le comte
« Préfet à M. Achard, mon devancier, qui certi-
« fie la réception de ces livres. Dans notre der-
« nière entrevue, vous avez eu la bonté de me
« promettre que vous feriez vérifier à la Préfec-
« ture si ces livres existent encore, etc. »

Le 10 février 1815, M. Croze-Magnan, alors bi-
bliothécaire, rendait compte à M. le Maire, qu'il
s'était transporté avec M. Goupy à la Préfecture
pour vérifier si ces livres étaient aux archives ou
dans tout autre local de l'hôtel. « M. Rostan,
« ajoute-t-il, eut la bonté de nous communiquer
« la note des livres déposés aux archives, et, dans
« le nombre, il ne s'en trouve pas un seul de
« ceux remis dans le temps à M. le Préfet. »

Enfin, le 27 février de la même année, une nou-
velle et pressante lettre n'a eu pour résultat, ainsi

que le dit M. Jauffret, que de constater l'impossibilité de retrouver ce qui avait été perdu.

Si ces recherches n'ont pas pu aboutir d'une manière favorable, du moins elles ont aujourd'hui pour résultat d'établir que les ouvrages réunis par la princesse Pauline pour le général Bonaparte, ont réellement été déposés à la Bibliothèque de Marseille, et elles viennent constater l'authenticité des quelques volumes que nous possédons encore, et qui sont ainsi décrits par M. Reynier :

« Reste d'une collection d'ouvrages qui ont fait
« partie de la bibliothèque particulière de Napo-
« léon Ier en Egypte : — 24 volumes in-18, reliure
« uniforme en veau jaspé, dorés sur tranche et
« encadrement à petits points sur le plat ; dorure
« en plein sur le dos avec le chiffre P. B. entrelacés
« au bas (Pauline Bonaparte.)

« Ces 24 volumes sont tout ce qu'on retrouve
« aujourd'hui à la Bibliothèque, de trente-quatre
« qui étaient restés, d'après M. Jauffret. Ils com-
« prennent les ouvrages suivants :

« *Cours d'Etudes*, par Condillac, 5 volumes.

« *Œuvres diverses*, d'Arnaud, 7 volumes.

« *Essais de morale et de politique* , de Bacon ,
« 2 volumes.

« *De l'influence des passions sur le bonheur*
« *des individus* , par Mme la baronne de Staël ,
« tome II, 1 volume.

« *Les Amours de Henry IV, roi de France ;*
« tome II , 1 volume.

« *Zélie dans le Désert*, par Mme ***, 3 volumes.

« Chansons par divers , 2 volumes. »

Ainsi qu'on peut en juger, la donatrice s'était
sans doute chargée elle-même de former ce re-
cueil composé d'ouvrages si divers , et le titre de
ceux qui nous restent semble en effet indiquer
des éléments de distraction réunis par une femme,
plutôt que par la pensée sérieuse du jeune chef de
l'expédition.

La notice des *Livres qui ont été apportés d'A-*
lexandrie et qui formaient la bibliothèque d'E-
gypte a été imprimée par les soins de M. Achard.
Cette collection est indépendante de la petite bibliothèque particulière dont nous parlons, et con-
tient dix-neuf divisions. L'intérêt que réveillent

les souvenirs de cette époque m'engage à les con-
signer ici :

Dictionnaires généraux.

Académie.

Langues.

Mathématiques.

Astronomie.

Physique.

Chimie.

Histoire naturelle.

Médecine, chirurgie, pharmacie et anatomie.

Agriculture et économie.

Architecture et construction.

Art militaire.

Marine.

Economie politique et législative.

Géographie.

Histoire.

Voyages.

Philosophie morale et littéraire.

Enfin, littérature et romans.

C'est cette dernière partie qui fait l'objet de la
réclamation de M. Achard au nom de la Biblio-

thèque de Marseille. Quant aux dix-huit premières parties formant la bibliothèque générale de l'expédition , on peut comprendre , par leur nomenclature , à quel point étaient vastes les projets de Bonaparte.

En parcourant nos petits volumes, M. Jauffret, préoccupé de la pensée que leur possesseur avait pu laisser sur quelques passages des traces de ses impressions , fut confirmé dans cette idée en trouvant qu'au tome Iᵉʳ des *Essais*, de Bacon, le signet était placé à la page 28 , indiquant ce passage :

« C'est une étrange passion que celle de vou
« loir dominer sur les autres en perdant sa pro
« pre liberté. On ne monte pas sans peine aux
« grandes dignités : on parvient par le travail à de
« plus grands travaux, et aux dignités par les di
« gnités. »

En continuant son examen, M. Jauffret trouva le signet du second volume du même ouvrage placé à la page 124, au chapitre *des Troubles et des Séditions* , qui commence ainsi :

« Il faut que ceux qui ont en main le timon du
« gouvernement sachent prévoir les tempêtes de
« l'Etat. Elles sont ordinairement plus à craindre
« lorsque les choses approchent de l'égalité,
« comme les tempêtes naturelles sont plus fré-
« quentes vers les équinoxes. »

Dans l'ouvrage de Mme de Staël sur l'*Influence
des passions*, le signet se trouve placé à la page
96 du premier volume, au milieu du chapitre sur
l'*Ambition*.

Enfin, deux membres de l'Académie de Marseille, MM. Lautard et Hubaud, ayant continué
avec M. Jauffret l'examen de ces volumes, trou-
vèrent le signet placé à la page 118 du tome II des
Visions philosophiques de Mercier (cet ouvrage a
encore été égaré depuis), et marquant le songe 18,
intitulé *les Lunettes*, qui se termine ainsi :

« On le vit pendant des années entières in-
« sensible aux palmes qui ombrageaient son
« front. Parmi les fêtes les plus brillantes insti-
« tuées en son honneur, il entendait une voix
« qui murmurait à son oreille : *Tu mourras dans*

« *l'exil et dans l'oubli*. Combien de fois il a mau-
« dit l'instant où il avait désiré voir un tel avenir !»

Il est difficile de penser que le hasard ait
ainsi désigné dans chaque volume des passages
aussi caractéristiques , surtout si l'on fait atten-
tion qu'ils se trouvent tantôt au commencement
et tantôt à la fin du livre ; tout porte donc à
croire que , dans ces moments où l'homme re-
vient sur lui-même , ils avaient mélancolique-
ment frappé le grand génie qui devenait l'arbitre
des destinées de la France.

Dans ce rapide examen, loin de nous la pensée
d'avoir voulu exercer des récriminations contre
la perte de cette curieuse collection. Si j'ai cité
des noms et des pièces à l'appui , c'est unique-
ment, je le répète , pour établir l'authenticité
des quelques volumes que nous possédons encore
et pour saisir cette occasion naturelle de faire
connaître le zèle que déploie M. Reynier dans
l'intérêt de l'établissement dont la conservation
lui est confiée. Les vingt-un volumes ont été ,
par ses soins , enfermés dans une petite vitrine
spéciale , et placés au-dessus du grand ouvrage

sur l'Egypte auquel ils servent en quelque sorte
de couronnement. Le conservateur de notre
Bibliothèque est donc complètement entré dans
l'esprit de l'arrêté ministériel du 13 mars 1852,
publié au *Moniteur* du 16 du même mois, et
relatif à la conservation des objets ayant appartenu aux souverains qui ont régné sur la France.

AD. CARPENTIN.

www.ingramcontent.com/pod-product-compliance
Lightning Source LLC
Chambersburg PA
CBHW061744180626
46818CB00006B/2743